H. Gravelot inv.   C. le Vasseur Sculp.

mais on vient disposer de mon sort,
Mon heure est arrivée, on me mene à la mort.

LETTRE

DE

DON CARLOS

A ÉLISABETH,

Suivie d'un passage de l'AMINTE du TASSE, traduit en Vers, & du Poëme DE LA NUIT, imité de GESNER.

A PARIS,

Chez { C. PANCKOUCKE, Libraire, rue & à côté de la Comedie Françoise.
La V. DUCHESNE, Libraire, rue S. Jacques,

A LILLE,

Chez CARRÉ DE LA RUE, Libraire.

M. DCC. LXVIII.

(2)

AVERTISSEMENT.

PERSONNE n'ignore la fin malheureuse & tragique de Don Carlos, fils de Philippe II, Roi d'Espagne, arrivée en 1568. Les Historiens de ce tems racontent diversement sa mort; mais tous s'accordent à dire qu'il fut la victime de la défiance & de la jalousie de son Pere.

On sait encore qu'il avait été destiné à resserrer les nœuds de la paix que l'Espagne venait de conclure avec la France, par son union avec Elisabeth, Fille aînée de Henri II; que Philippe étant devenu veuf pour lors de Marie Reine d'Angleterre, sa seconde Femme, la demanda pour lui, & que ce mariage fit le malheur de tous les trois.

Don Carlos était âgé de vingt-deux ans lorsqu'il mourut; son caractere vif & impétueux

commençant alors à se déployer, annonçait en
lui de grandes passions ; mais qui dès leur naif-
fance avaient été dirigées vers l'amour du bien
& de la gloire, par un grand Maître habile dans
l'art de former des hommes & de s'y connaître.
Charlequint retiré du monde, après l'avoir
gouverné, avait été lui-même, dans le Monastere
de Saint Just, le Précepteur de fon Petit-Fils,
& voyant que fon ame était née pour les grandes
chofes, il en avait conçu la plus haute efpérance.

Elifabeth de France à qui le fort envia le bonheur d'être unie avec un tel Prince, en était bien
digne : l'on ne peut rien ajouter au portrait qu'en
fait l'hiftoire. Perfonne n'a réuni comme elle toutes les vertus & les qualités néceffaires pour rendre
une Femme accomplie ; elle joignait au plus grand
mérite l'éclat d'une beauté qui fe trouve rarement
réunie avec tant d'autres avantages ; & il femblait

que la Nature avait pris plaisir à rassembler en elle
tous les dons que sa main disperse au hasard sur
le reste des mortels. Cette infortunée Princesse
ne survécut pas longtems au malheureux Don
Carlos, elle mourut peu de mois après lui, dans
les plus vives douleurs & les plus violentes con-
vulsions (*). Telle fut la fin malheureuse de ces
deux Infortunés, à qui le Ciel semblait promettre
un sort moins funeste en les destinant d'abord
l'un pour l'autre.

La mort seule eut le pouvoir de détruire l'union
de leurs ames; & Philippe en arrachant, pour
ainsi dire, Elisabeth des bras de Don Carlos,
ne put lui ravir son cœur. Cette liaison secrette fut

(*) Elle mourut après avoir avalé une médecine qu'on
lui fit prendre pour lui procurer un heureux accouche-
ment.

la source des malheurs du Prince, & le principal motif de sa mort ; mais elle n'eut pas suffi pour le faire condamner, si d'autres causes encore n'avaient concouru à sa perte.

La haine qu'il portait au Duc d'Albe & à Ruï Gomez, tous deux Favoris du Roi ; dont ils gouvernaient l'esprit ; ses intelligences avec les Révoltés de Flandre, dont il avait ouvertement embrassé la défense ; & surtout l'indignation & le mécontentement qu'il fit paraître contre l'Inquisition, lorsque ce Tribunal osa condamner au feu le Testament de son illustre Ayeul, comme suspect d'hérésie, ainsi que trois Personnes (*) qui avaient assisté à la mort de ce grand Empereur, & recueilli ses derniers soupirs.

_____

(*) Le Docteur Cacalla, prédicateur de l'Empereur ; Constantin Ponce son Confesseur ; & l'Archevêque de Tolede.

Ces différentes difpofitions de Don Carlos envers des gens qui ne favent pas pardonner, & qui prévoyaient bien que fon élévation un jour au thrône ferait l'époque de leur difgrace, contribuerent à fa perte autant que fon amour.

C'eft en confidérant fous ce point de vue l'événement dont il s'agit, qu'il faut lire la Lettre fuivante, dans laquelle je prête à Don Carlos des fentimens conformes à fa fituation & à la manière dont il devait envifager lui-même la rigueur de fon fort.

Le Paffage de l'Aminte du Taffe, traduit en Vers, eft un faible effai de traduction que je donne au Public de ce charmant ouvrage. Il ferait à fouhaiter qu'on pût rendre dans notre Langue toutes les beautés de l'original ; mais cette entreprife eft au-deffus de mes forces.

Il en eft demême des Ouvrages de M. Gefner, qu'on peut appeller le Peintre de la Nature, par la fimplicité & la vérité de fes defcriptions.

LETTRE

DON CARLOS

A

ÉLISABETH.

Vous que mon cœur adore & qui m'êtes ravie,
Pour qui seul en mourant je regrette la vie ;
Vous qui me rendez cher un jour trop odieux,
Charmante ÉLISABETH, recevez mes adieux.
Je ne vous verrai plus, un jugement barbare
Me condamne à périr, & ma mort se prépare :
Tout me présente ici l'image de ses traits,
Mon œil ne fixe plus que de tristes objets ;
L'effroi s'est emparé de ma sombre retraite,
Je ne vois plus briller au-dessus de ma tête

A

Ces superbes lambris que contemplaient mes yeux;
Le voile du trépas est étendu sur eux.
Dans cet affreux séjour, privé de la lumiere,
Une lampe funèbre est tout ce qui m'éclaire.
Sur le bord de l'abîme où je suis attendu
Il me semble déja qu'au tombeau descendu,
Eprouvant les horreurs dont la mort est suivie,
L'infortuné CARLOS a terminé sa vie.

Le Ciel me promettait un sort bien différent
Quand la paix (*) dont l'amour allait être garant,
Unissant pour jamais nos Nations rivales,
Et terminant enfin leurs querelles fatales,
L'un à l'autre enchaînés par un hymen heureux,
Nous devions à l'Autel en resserrer les nœuds.
Trop séduit par l'espoir d'une telle alliance,
J'en attendis l'effet avec impatience :
Vous savez quels étaient les transports de mon cœur,
Combien je desirais l'instant de mon bonheur;

_____

(*) Conclue par le Traité de Cateau-Cambresis.

Le bruit de vos vertus de la France admirées,
Se répandait alors jusque dans ces contrées ;
On y vantait par-tout votre aimable pudeur,
De tous vos fentimens la naïve candeur,
Le charme, la douceur de votre ame bien née ;
● Le pouvoir des attraits dont vous êtes ornée ;
Et lorfque leur éclat dans les murs de Paris.
Enchantait les Français de vos charmes épris,
Déja leur renommée aux plaines de l'Ybere
Infpirait en tous lieux le defir de vous plaire.

Mon cœur, pour éprouver un fentiment fi doux,
N'avait point attendu qu'on eût parlé de vous ;
Je vous aimais, Madame, avant de vous connaître :
Jugez de mon amour quand je vous vis paraître,
Quand je vis vos attraits & cette aménité
Qui relevait en vous l'éclat de la beauté.
Au milieu des tranfports de mon ardeur extrême,
Je béniffais le Ciel dont la bonté fuprême,
Mettant pour moi le comble à fes divins bienfaits,
Me donnait pour Epoufe un objet que j'aimais :

Et je plaignais le sort des Princes de la terre
Dont les cœurs malheureux & destinés pour plaire,
A de cruelles loix sans cesse assujetis,
Sont liés par des nœuds souvent mal assortis;
De rang & de fortune assemblage bisarre,
Que l'intérêt unit & que l'amour sépare.

Mais, ô destin cruel ! tel qui se croit heureux
Souvent est menacé du sort le plus affreux.
De ma félicité la fortune jalouse,
M'envia le bonheur de vous voir mon épouse.
Hélas ! par un serment auguste & solemnel,
Nous allions nous jurer un amour éternel.
Nous touchions au moment du plus tendre hyménée
Qui devait à vos jours unir ma destinée,
Lorsqu'une main barbare & funeste à tous deux
Par un cruel effort rompit de si beaux nœuds;
Et, pour comble d'horreur, s'unissant à la vôtre,
Sépara pour jamais deux cœurs faits l'un pour l'autre.
Ah quelle barbarie ! ai-je pu la souffrir :
Ne pouvais-je du moins me venger ou mourir ?

Et lavez dans le sang d'un rival téméraire
Son audace & l'affront qu'il venait de me faire.
Ciel ! il fallait du moins me donner un rival
Que je pusse immoler à mon amour fatal;
Et non point m'opposer le sang & la nature
Pour empêcher mon bras de venger cette injure.

O jour épouvantable ! ô souvenir affreux !
Mais pourquoi rappeller des tems si malheureux ?
Hélas ! depuis ce tems dans le fond de mon ame
Il fallut renfermer mon dépit & ma flamme,
Un devoir rigoureux m'en imposa la loi :
Vous-même, ELISABETH, vous l'exigiez de moi :
Mon cœur à vos desirs se soumit avec peine;
Mais il fallut souscrire aux ordres de la Reine.

Maintenant que mon sort autorise mes vœux,
Permettez que ce cœur laisse voir tous ses feux :
Souffrez, ELISABETH, qu'avec des traits de flamme
Je vous peigne l'ardeur qui consume mon ame,
Que je trace à vos yeux tant de maux endurés
Depuis l'instant fatal qui nous a séparés;

Le tems n'a fait qu'accroître un penchant invincible;
De l'étouffer, Madame, il me fut impossible.
Oui, ce funeste amour que je dus renfermer
Dans le fond de mon cœur, rien n'a pu le calmer :
Plus il fallut le taire, & plus sa violence
Accrut ma passion condamnée au silence :
Enfin ne pouvant pas, sans la faire éclater,
A l'ardeur de mes feux plus long-tems résister,
Et mon cœur n'employant que d'inutiles armes
Pour résister en vain au pouvoir de vos charmes,
Je résolus alors, & m'imposai la loi (*)
D'abandonner des lieux trop funestes pour moi :
La Flandre révoltée, à mon humeur guerriere
Offrait pour s'illustrer une belle carriere :
C'est sur ces bords lointains qu'abandonnant la Cour
J'espérais à la gloire immoler mon amour.
Pour ce départ cruel tout était prêt, Madame,
Et j'allais en effet m'immoler à ma flamme,
Quand, pour payer le prix de ce sublime effort,
Une barbare loi me condamne à la mort ;

(*) Elisabeth est supposée ignorer le motif de cette résolution.

Et déclarant ma fuite, indigne, criminelle,
D'un Sujet trop soumis en fait un vil rebelle.

Mais puisque sans m'entendre elle m'a condamné,
Ah ! pourquoi dans ce jour m'avez-vous ordonné,
Abaissant jusque-là mon orgueil indomptable,
De chercher à fléchir un juge inéxorable ?
En me donnant, Madame, un ordre si cruel ;
Vous avez trop compté sur l'amour paternel.
O bassesse sans fruit ! & qui me désespere,
J'ai fléchi vainement aux genoux de mon pere :
Lui, mon pere ! ah, grands Dieux ! l'est-il encor pour moi
Je ne vois plus en lui que mon juge & mon roi ;
Lui l'auteur de mes maux ; lui qui dès mon enfance,
Appésantit sur moi son bras & sa puissance ;
Lui qui creusa l'abîme où mes pas sont plongés,
Qui sépara deux cœurs l'un à l'autre engagés,
Et prenant à vos yeux mon respect pour un crime ;
De ses transports jaloux me rendit la victime ;
Lui qui me livre enfin à toute la rigueur
D'un tribunal de sang & qui me fait horreur,

Dont l'horrible puissance, odieuse, insensée,
Etend sa cruauté jusque sur la pensée;
Qui, sous le masque faux de la religion,
Tient tout un peuple entier sous son oppression;
Et prétextant sans cesse un zèle catholique,
Exerce sur les cœurs un pouvoir despotique.

Ah! si de Spinosa (*) le génie oppresseur
Avait moins pénétré le secret de mon cœur,
S'il n'allait par ma mort prévenir ma vengeance;
J'aurais peut-être un jour aboli sa puissance.
Le peuple heureux alors, & libre sous ma loi,
N'eût été désormais que soumis à son Roi,
Et recouvrant bientôt les droits de ses Ancêtres,
Sans craindre leur pouvoir, eût respecté les Prêtres:
Mais Spinosa leur Chef, lisant dans l'avenir,
En prévoyant l'orage a sçu le prévenir;
Et par ma mort enfin devenant redoutable,
Se rend du plus grand crime impunément coupable.

(*) Le Cardinal Spinosa, grand Inquisiteur alors.

Quelle

Quelle horreur en effet, & quelle indignité !
Quel exemple d'audace & de témérité !
De Prêtres inhumains une troupe sacrée,
Soumise à la vengeance, à la haine livrée,
Jadis de Charlequint, si grand par ses exploits,
Osa troubler la cendre au mépris de nos loix ;
Et dans son zéle outré respectant peu sa gloire,
Du plus puissant Monarque insulta la mémoire.
Philippe, qui d'un Pere enviait trop l'éclat,
Permit, pour l'abaisser, cet horrible attentat,
Et souffre qu'en ce jour, de ma mort vil complice,
Ce même tribunal ordonne mon supplice :
Pere injuste à la fois & fils dénaturé !
L'humanité, le sang, pour lui rien n'est sacré.

Je gémis ; mais, hélas ! je mourrais sans me plaindre,
Si pour d'autre que moi je n'avais rien à craindre ;
Si ma mort, appaisant la fureur d'un Epoux,
Le rendait à vos yeux moins indigne de vous ;
Et si le Roi, content de m'arracher la vie,
N'étendait pas plus loin son injuste furie :

B

Puiſſiez-vous . . . . Mais on vient diſpoſer de mon ſort,
Mon heure eſt arrivée, on me mene à la mort.

Loin des champs glorieux qu'habite la victoire,
Dans le fond d'un Palais je vais périr ſans gloire;
Mais du moins en mourant ſi j'emporte au tombeau
Le nom de votre amant, mon ſort eſt aſſez beau :
Pardonnez ſi ce mot échappe de ma bouche,
Il fait tout mon bonheur au moment où je touche.

Vous, dont mon œil encor contemple les attraits
Dans ce Portrait charmant (*), l'image de vos traits,
Venez me voir mourir, & que votre préſence
Me faſſe ſupporter la mort avec conſtance;
Venez, charmant Objet, recueillir mes eſprits,
Qu'au-delà du tombeau nos deux cœurs ſoient unis;
Qu'un lien éternel à jamais les engage;
De vos charmes puiſſans que la divine image
Ecarte loin de moi les horreurs du trépas,
Et que je meure enfin en fixant vos appas.

(*) Il mourut en fixant le portrait d'Eliſabeth.

TRADUCTION LIBRE

DE CE PASSAGE

DE L'AMINTE DU TASSE,

O bella eta de l'oro.

O le tems fortuné que celui de nos peres?
Le lait formait alors la source des rivieres,
Le miel & le nectar coulaient parmi les fleurs,
La Nature en tous lieux prodiguait ses faveurs ;
Les champs n'étaient baignés que des pleurs de l'aurore,
[Car les yeux des humains n'en versaient pas encore]
La rose jouissait d'un éternel printems,
Et son éclat bravait les injures du tems ;
La terre abandonnée aux soins de la Nature,
Dédaignant, pour produire, une lente culture ;
Au gré de nos souhaits, prodigue de ses dons,
Offrait sans cesse aux yeux de nouvelles moissons ;

B ij

Et pour couvrir de fleurs sa tête horrible , impure ,
Le serpent n'allait point ramper sur la verdure :

Aucun vaisseau n'allait sur le vaste Océan
Affronter les écueils & braver l'ouragan ,
Pour ravir les trésors d'une terre étrangere ,
Ou pour l'ensanglanter des horreurs de la guerre.
Surtout ce vain fantôme , idole de l'erreur ,
Ce tyran décoré du vain titre d'honneur ,
Ne troublait point encor les plaisirs de la vie
Par les cruels effets de sa triste manie ;
L'homme foulant aux pieds ses tyranniques loix ,
De son cœur innocent n'écoutait que la voix ;
Il ignorait alors qu'on pût lui faire un crime
De suivre sans remords un penchant légitime ;
Et pensant sans détour , tel était son avis :
Quand on est vertueux , ce qui plaît est permis.

Alors sur un tapis de fleurs & de verdure ,
Au bruit harmonieux d'un ruisseau qui murmure ;
Les Amours enfantins , sans arcs & sans flambeaux ,
Dansaient sur l'herbe tendre à l'ombre des ormeaux.

On voyait auprès d'eux le Berger, la Bergère,
Mollement, au hasard, couchés sur la fougère,
Se donner des baisers d'un accord mutuel,
Et s'aimer sans rougir d'un besoin naturel.
La Nymphe sans pudeur ainsi que sans allarmes,
D'un voile scrupuleux ne couvrait point ses charmes ;
Souvent d'un même bain le cristal transparent
Recevait dans son sein l'Amante avec l'Amant.

Mais toi, cruel honneur, tyran de la nature,
Tu vins troubler la paix d'une union si pure ;
En forçant le beau Sexe à voiler ses appas,
Tu privas les Zéphirs dans leurs charmants ébats,
Du plaisir innocent de caresser les Graces,
Et d'embellir la Rose en volant sur leurs traces !
Etre sensible, hélas ! est un crime à tes yeux ;
Tu défens un plaisir qui nous égale aux Dieux ;
Enveloppant l'Amour des voiles du mystère,
Tu l'as rendu cruel, timide ou téméraire ;
Et les dons que jadis il faisait aux Mortels,
Sont devenus par toi des larcins criminels.

Ainſi, perfide honneur, nos maux ſont ton ouvrage,
Si l'Amour eſt cruel, tu l'es bien davantage!
O toi, tyran des cœurs, vainqueur des plus grands Rois,
Qu'il te ſuffiſe au moins de leur donner des loix !
En troublant le repos des Maîtres de la terre,
Epargne le Berger ſous ſon humble chaumiere ;
Ne vas pas ſous le chaume, aſyle de la paix,
Traveſtir lâchement les vertus en forfaits,
Et ſous le maſque faux d'une vaine décence,
Par des remords honteux effrayer l'innocence.
Le Ciel qui nous forma pour le bonheur d'autrui,
Voulut également nous rendre heureux par lui ;
Il nous fit pour aimer, & c'eſt lui faire injure
De ne pas ſe ſoumettre aux loix de la Nature.

Aimons ; car le tems fuit & ne revient jamais :
Le Soleil qui répand la clarté de ſes traits
Depuis le mont Taurus juſqu'aux mers du Boſphore,
Ramene chaque jour une nouvelle aurore ;
Mais celle de nos jours ne brille qu'une fois,
Telles ſont du Deſtin les immuables loix

LA NUIT,

POEME

IMITÉ DE GESNER.

Quel silence profond succède à mon réveil!
O Nuit, tu m'as surpris dans les bras du sommeil;
Je te vois sur un char roulant au sein des ombres,
Descendre lentement sur ces bocages sombres;
O Nuit! que ta présence embellit ce séjour!
Qu'avec ravissement je te vois de retour!
Quel calme tu répans sur toute la nature!
Mon cœur est enivré d'une volupté pure.

Déja le Dieu du Jour dans les bras de Thétis
Allait porter l'éclat de ses feux amortis;
Déja sur son déclin sa mourante lumière
Ne faisait plus baisser ma débile paupiere,

Et mon œil, au travers de ce feuillage épais
Soutenait aisément le feu de ses regards;
Des nuages dorés s'étendant sur la plaine
Embelliſſaient les fleurs de la rive prochaine;
Les oiſeaux amoureux voltigeans dans les airs
Par des chants redoublés terminaient leurs concerts;
Et rappellant près d'eux leurs fidelles compagnes,
Pour habiter les bois déſertaient les compagnes;
Le Berger en chantant regagnait le hameau,
Et du ſein des vallons ramenait ſon troupeau,
Quand le Sommeil, au bruit d'un ruiſſeau qui murmure,
Vint tantôt m'aſſoupir ſur ce lit de verdure.

Qui peut avoir troublé le calme de mes ſens?
Eſt-ce toi, Roſſignol, par tes divins accents?
Ou plutôt quelque Nymphe, évitant la pourſuite
D'un Faune jeune & beau que pourtant elle évite?

O Nuit, paiſible Nuit, que mon œil enchanté
Se plaît à s'égarer dans ton obſcurité!
L'éclat du plus beau jour a pour moi moins de charmes
Que tes voiles épais ennemis des allarmes.

Lune

Lune, que j'aime à voir tes rayons argentés,
Par le cristal des eaux sans cesse répétés,
Pénétrant de ces bois la voûte transparente,
Se jouer à travers une feuille tremblante
Que l'aîle des Zéphirs agite mollement,
En excitant dans l'air un doux frémissement !

Toi qui pares Philis aux plus beaux jours de fête,
Rivale de la Rose, aimable Violette,
Accorde, sans envie, à la reine des fleurs
Le don de s'embellir des plus belles couleurs ;
Qu'elle regne à son gré sur sa tige superbe,
Ta beauté moins brillante a plus d'attraits sous l'herbe ;
Des charmes fastueux ne m'en imposent pas ;
Un jour trop éclatant nuit aux plus beaux appas ;
Plus humble que la Rose, & pourtant aussi belle,
Ta gloire est plus durable, & ton éclat moins frêle.

Des ombres de la Nuit en vain l'obscurité
Dérobe à mes regards l'éclat de ta beauté ;
L'agréable parfum qu'en ces lieux je respire,
M'annonce ta présence & près de toi m'attire.

C.

Les Zéphirs amoureux, qui pendant tout le jour,
Sans cesse auprès de toi folâtrent tour à tour,
Fatigués maintenant des jeux de la journée,
Qu'une autre suit toujours encor plus fortunée,
Reposent doucement dans ton sein délicat,
Attendant que le jour ramene son éclat;
Alors, vers le matin, quand la charmante Aurore
Ranime de ses pleurs le teint pâle de Flore,
Quand le char du Soleil quitte le sein des mers,
On les voit aussi-tôt s'agitant dans les airs,
Eparpiller sur toi les gouttes de rosée
Dont par eux chaque jour ta tige est arrosée.

  Rossignol amoureux, Chantre ailé de ces bois,
Que j'aime à sommeiller aux accents de ta voix!
Il n'est point ici-bas de volupté pareille . . . . .
Mais quel bruit tour-à-coup vient frapper mon oreille?
C'est la gent aquatique au sein d'un noir marais,
Qui, voulant de tes sons égaler les attraits,
Au fond de ses roseaux, envieuse & rampante,
Fait retentir les airs de sa voix discordante.

C'est ainsi que du Pinde un indigne avorton,
Qui rampe tristement au pied de l'Hélicon,
Se croyant inspiré du Dieu de l'harmonie,
Ose mêler sa voix aux chants de Polymnie.

Quel spectacle divin vient s'offrir à mes yeux!
Des nuages d'argent embellissent les Cieux,
Des Amours enfantins, dont les aîles naissantes
D'un duvet azuré sont à peine éclatantes,
Sur leur frange dorée, asyle de leurs jeux,
Se balancent dans l'air à travers mille feux.
C'est par eux que la Rose, aussi tendre que belle,
Reçoit, au point du jour, une fraîcheur nouvelle;
Alors, du haut des airs, dans le creux de leurs mains,
Recueillant la rosée, ils vont tous les matins,
Sur elle, avec grand soin, la verser goutte à goutte;
Ces petits Dieux malins n'ignorent pas, sans doute,
Combien de cette fleur le parfum séduisant
Est souvent dangereux pour un cœur innocent.

Ici, que vois-je luire au sein de la fougere?
O Ciel! je vois ramper une lueur légere,

C'est toi, charmant Insecte, étonnant vermisseau,
Dont l'éclat me présente un spectacle nouveau ;
Ton corps, aussi brillant que le feu des Etoiles,
De la Nuit à mes yeux perce les sombres voiles :
Muse, raconte-moi par quel événement
On vit naître jadis ce prodige étonnant.

Jupiter, amoureux d'une jeune Bergere,
Aux regards de Junon desirant se soustraire,
Pour mieux cacher les feux d'un amour ignoré,
Prit la forme autrefois d'un Papillon doré.
Junon s'appercevant de la métamorphose,
A la rendre inutile aussi-tôt se dispose :
Que dis-je ? Elle a déja juré de s'en venger ;
Elle apperçoit de loin le Papillon léger,
Qui jouant sur le sein de la jeune mortelle,
Reprend au même instant sa forme naturelle.
Alors ne pouvant plus contenir sa fureur,
Elle adresse ces mots au Divin suborneur :
» O trop perfide époux, ne crois pas, lui dit-elle,
» Me faire impunément cette injure nouvelle ;

» Ne pouvant te punir de ton manque de foi,

» Je saurai m'en venger sur une autre que toi:

» Oui, malgré ton pouvoir, l'objet qui t'a sçu plaire

» Va sentir les effets de ma juste colere ».

La Bergere, à ces mots, s'échappe de ses bras;

Jupiter cherche en vain la trace de ses pas:

Elle a changé de forme; au lieu de son Amante

Un Insecte rampant à ses yeux se présente.

Le Souverain des Dieux déplore un tel malheur:

Junon du haut des airs se rit de sa douleur.

Mais son cœur, non content d'une telle victoire,

Voulut de sa puissance assurer la mémoire:

Aussitôt de sa main la cruelle Junon

A l'Etoile du Jour dérobant un rayon,

L'attache, pour jamais, au corps de sa Rivale,

Afin que la vengeance au crime fût égale.

Qu'entens-je dans ces lieux? Quel rapide torrent

A travers les rochers roule ses flots d'argent:

Parmi l'obscurité son onde blanchissante

Forme un mélange heureux qui m'étonne & m'enchante:

Plus loin, dans ce vallon, moins terrible en son cours,
Au sein de mille fleurs il fait mille détours.

Mais d'un nuage épais la Lune enveloppée
Laisse à peine entrevoir sa lumière échappée ;
Déesse, dont l'éclat embellissait ces lieux,
Pourquoi dans cet instant te soustraire à mes yeux ?
Veux-tu favoriser un Amant téméraire
Qui craint d'être surpris auprès de sa Bergere ?
Ou veux-tu que mon œil ne te découvre pas
Avec Endymion que tu tiens dans tes bras ?
Ecarte loin de toi cet importun nuage
Qui dérobe à mes yeux l'éclat de ton image ;
Tandis que tes rayons sont encore éclatans,
Que ton divin flambeau guide mes pas errans
Aux bords toujours fleuris de cette source pure,
Où chaque jour d'Eté la belle Alcimadure,
Se croyant sans témoin, sous un ombrage frais,
Va rafraîchir l'ardeur de ses brulans attraits.

Des Saules sont plantés autour de ce rivage,
Unis par leurs rameaux, & dont l'épais feuillage,

Interceptant du Jour la trop vive clarté,
Fait que l'on y respire un air de volupté.
Des plus charmans appas sacré dépositaire,
L'œil ne peut pénétrer dans ce lieu solitaire;
Il est inaccessible aux regards curieux
D'un Berger, d'un Amant le plus industrieux;
Tous les efforts sont vains, & la chaste Diane
Y serait à l'abri de tout aspect profane:
Mais, aidé par le Tems, l'Amour, ce Dieu malin,
Dans le tronc d'un vieux Saule a creusé de sa main
Une retraite obscure, asyle du mystère,
D'où, sans être apperçu, je puis voir ma Bergère.
Le myrte de Vénus est moins cher à mes yeux,
Que ce Saule sacré, si propice à mes feux.
Puis Zéphir de son aîle agitant le feuillage,
A mon œil enchanté présente un doux passage,
Pour qu'il puisse, à son gré, contempler les trésors
Dont la simple Nature orna le plus beau corps.
M'y voici; je la vois, cette charmante rive,
J'entens le doux fracas de l'onde fugitive,

Mon cœur aux mêmes lieux est encor pénétré
Du plaisir dont il fut l'autre jour enivré.

Déja l'Astre du Jour, terminant sa carrière,
Tempérait par degrés l'éclat de sa lumière,
Et le Lys éclatant, par ses feux desséché,
Renaissait à nos yeux sur sa tige penché,
Lorsque tous deux assis sur un lit de verdure,
Il faut nous séparer, me dit Alcimadure.
Elle marche à l'instant vers le prochain côteau,
Feignant de regagner le chemin du hameau ;
Mais moi, me doutant bien du dessein de la Belle,
Ici, par un détour, j'arrive aussi-tôt qu'elle.
J'approche, je la vois sous un berceau charmant,
Prête à se dépouiller d'un humble vêtement ;
Tandis qu'en palpitant, & d'une main tremblante,
Elle présente au jour une gorge naissante ;
Ses yeux n'osant pas même admirer ses attraits,
Jettent de tous côtés des regards inquiets ;
Ainsi l'on voit aux champs la timide Colombe,
Allarmée aussi-tôt d'une feuille qui tombe

                                        Aux

Aux bords d'une onde pure où brillent mille Fleurs,
N'ofant point de la foif appaifer les ardeurs.

De la Nuit cependant les infenfibles ombres,
Aux feux mouràns du jour mêlant leurs voiles fombres ;
Formaient dans cet afyle une tendre lueur,
Bien propre à raffurer la timide pudeur.
Alcimadure enfin, repouffant les allarmes,
Acheve mon bonheur en montrant tous fes charmes.

Elle effleure d'abord la furface de l'eau
D'un pied qu'elle retire & plonge de nouveau ;
Puis elle enfonce l'autre avec plus de courage :
Mais n'ofant point encore en faire davantage ;
Puis infenfiblement, par un mouvement doux,
Je vois l'Onde amoureufe embraffer fes genoux.
Ce n'était rien encor ; puis la Bergere endure
Que fes flots argentés lui fervent de ceinture :
Puis elle fouffre enfin, après bien des combats,
Qu'ils preffent de fon fein les contours délicats.
Pour moi, dans cet inftant, j'allais, hors de moi-même,
Me jetter dans fes bras, m'unir à ce que j'aime.

C

Lorsqu'un Vent ennemi, jaloux de mon bonheur,
De l'Onde qui murmure augmentant la fraîcheur,
Par cette perfidie obligea ma Bergère
A déserter le bain pour gagner sa chaumière.

　　Trop heureuse chaumière, asyle respecté,
Je t'apperçois d'ici, malgré l'obscurité;
La Lune dont l'éclat sur toi seule domine,
Daigne à peine éclairer la cabane voisine,
Et rassemblant sur toi ses doux rayons épars,
Te croit le seul objet digne de ses regards.
Asyle fortuné, séjour de l'innocence,
Quand seras-tu le prix de ma persévérance?
Mon sort égalerait celui des plus grands Rois,
Si j'habitais un jour sous tes rustiques toits.
D'une vaine splendeur superbement éprise,
Ne crains pas qu'en secret mon ame te méprise;
Le chaume qui te couvre est à mes yeux d'un prix
Qui ne le céde point aux superbes lambris.

　　C'est-là qu'Alcimadure, avec son teint de rose,
Dans les bras du Sommeil tranquillement repose;

Zéphirs, vous dont l'Aurore amene le retour,
Devancez, à ma voix, la lumiére du Jour;
Volez dans sa cabane, & déployant vos aîles,
Ranimez de son teint les fleurs toujours nouvelles.
Sommeil, toi qui la tiens dans les bras du repos,
Sur elle, à pleines mains, verse tes doux pavots;
Agréable Morphée, ô toi, pere des songes,
Qui séduis les Mortels par d'aimables mensónges,
Que tes Sylphes légers, par des chemins de fleurs,
L'entraînent doucement dans d'aimables erreurs;
Qu'un rêve aussi flatteur que l'aimable Sourire
De sa bouche vermeille, idole du Zéphire,
Enchante son esprit, & dispose son cœur
A couronner enfin la plus sincere ardeur;
Offre lui son Amant toujours tendre & fidele,
Qui ne vit, ne respire, & n'aime que pour elle;
Qu'elle semble à l'instant me voir à ses genoux
Couvrant sa belle main des baisers les plus doux:
Lui dépeindre l'ardeur du feu qui me dévore,
Lui dire que je l'aime, & lui redire encore:

Et toi, profite alors de cet heureux moment,
Pour vaincre fa pudeur qui combat faiblement,
Si tu peux triompher de fon ame ingénue,
J'irai te confacrer cette Grotte inconnue,
Où d'un fommeil tranquille on goute les douceurs,
Et ma Bergere & moi nous l'ornerons de fleurs.
Dès que je la verrai, fon aimable préfence
Guidera les effets de ma reconnoiffance ;
Ses yeux plus animés m'apprendront fans détour
Si tes foins généreux ont fecondé l'Amour.
Son langage divin, plus amoureux, plus tendre,
Sera celui d'un cœur qui demande à fe rendre ;
Puis fa bouche de rofe, appellant le baifer,
Me dira tendrement fi je puis tout ofer.

    Que cette illufion par fa douceur m'enchante !
Pour un cœur amoureux quelle image riante !
O toi, paifible Nuit, dont le calme enchanteur
Fait naître dans mon ame un charme auffi flatteur,
Toi qui m'as féparé de l'objet que j'adore,
Je verrais à regret le retour de l'Aurore,

Si le jour qui te suit n'allait me rendre heureux,
Et ne mettrait enfin le comble à tous mes vœux.

FIN.

APPROBATION.

J'AI lu par ordre de Monseigneur le Vice-Chancelier, un Manuscrit ayant pour titre : *Lettre de Dom Carlos à Elizabeth*, suivie d'un passage de l'*Aminte du Tasse*, &c. & je n'y ai rien trouvé qui puisse en empêcher l'impression. A Paris ce 16 Novembre 1767.

MARCHAND.

De l'Imprimerie de MICHEL LAMBERT, rue des Cordeliers, au Collège de Bourgogne. 1768.

www.ingramcontent.com/pod-product-compliance
Lightning Source LLC
Chambersburg PA
CBHW060859180626
46818CB00004B/1769